나무 되어 그대를

나무 되어 그대를

발행일 2016년 2월 1일

지은이 이 윤 근
펴낸이 손 형 국
펴낸곳 (주)북랩
편집인 선일영 편집 김향인, 서대종, 권유선, 김성신
디자인 이현수, 신혜림, 윤미리내, 임혜수 제작 박기성, 황동현, 구성우
마케팅 김회란, 박진관, 김아름
출판등록 2004. 12. 1(제2012-000051호)
주소 서울시 금천구 가산디지털 1로 168, 우림라이온스밸리 B동 B113, 114호
홈페이지 www.book.co.kr
전화번호 (02)2026-5777 팩스 (02)2026-5747

ISBN 979-11-5585-921-6 03810(종이책) 979-11-5585-922-3 05810(전자책)

이 도서의 국립중앙도서관 출판예정도서목록(CIP)은 서지정보유통지원시스템 홈페이지(http://seoji.nl.go.kr)와
국가자료공동목록시스템(http://www.nl.go.kr/kolisnet)에서 이용하실 수 있습니다.
(CIP제어번호 : CIP2016002496)

나무 되어 그대를

이윤근 지음

"많은 계절이 흘러 아무것도 할 수 없게 되면
그땐 모닥불 되어 잠시나마 당신을 데워 주고 가렵니다"

북랩 book Lab

작가의 말

나이 60에 처음 내 이름으로 책을 내봅니다. 어찌 보면 지금까지 앞만 보고 걸어 왔는지도 모릅니다. 이제는 약수터에서 시원한 물도 한 잔 마시고 바위에 걸터앉아 땀도 식히면서 걸어온 길을 한 번 뒤돌아보는 여유를 갖고 싶었습니다.

또 앞으로 많이 남지 않은 길을 어떻게 걸어가야 하는지도 생각해 보고 싶습니다. 이번 기회에 그간 나이 들어가면서 느끼고 또 일상에서 경험했던 소소한 감정을 시로 정리해 보았습니다. 취미로 긁적여 보던 시를 책으로 꾸며 본다는 것에 작은 기쁨도 느꼈지만, 한편으로는 내 일기를 보여 주는 것 같은 생각도 들어 몇 번이고 망설였던 것도 사실입니다.

그나마 이 글들이 책으로 엮어 나오게 된 것은 주변에 격려해 준 사람들이 있었기 때문입니다. 그분들께 깊은 감사를 드립니다. 앞으로 더 공부하고 노력해서 좋은 작품으로 보답하겠습니다.

2016년 겨울
통영 사무실에서

Contents

제1부

제2부

제3부

제1부

봄냉이

햇살 따스한 이 봄날엔
들로 나가 종일 쪼그리고 냉이나 캐야겠다
소쿠리 넘치도록 봄 향기를 담아 보리라

어릴 적
힘들여 캔 냉이가 개냉이라 하시던
어머님의 웃음 섞인 조롱을
다시 받더라도

구멍 난 대소쿠리에 호미 담고
푸릇푸릇 밭고랑 뒤지며
매의 눈으로 살펴봐야지

오는 길엔 춘희를 슬쩍 불러내
손 크게 벌려 한 움큼 집어 주어야겠다

그럼 나물 무치는 고운 손이
내 생각으로 설레겠지

봄볕 같은 상상을 하며
그렇게 집으로 돌아오리라

가을 논에 서서

따가운 햇살에도 꼿꼿이 머리를 들더니
한 줄기 가을바람에 그만 고갤 떨구네

옛 친구 외다리 허수아비도 길 떠나고
뜯겨진 고추잠자리 날갯짓이 애처롭다

물방개, 소금쟁이, 다슬기 모두 어디로 갔나
밤새 시끄럽던 개구리 울음조차 그립네

아직 첫눈조차 내리질 않은 지금
봄을 기약하기에는 갈 길이 아직 멀고나

한밤중 숨죽여 몰래 내린 눈처럼
아아 봄날아 그렇게 어서 다시 오렴

가을바람

가을 하늘 푸르러 더 높아 가고
여름 햇살 물러난 자리 갈바람이 찾아든다

들녘을 스쳐 가는 바람에
벼 이삭은 노릇노릇 고개 숙이고
참나무는 도토리를 으스스 털어 낸다

해 저무는 무렵 저녁달이
귀뚜리 울음소리 몰고 와
뒤뜰이며 장독대에 슬며시 풀어 놓으니
밤 깊은 줄 모르고 저리도 울고 있구나

굴러가는 낙엽 속에
지난 여름날의 뜨거웠던 파도 소리가
흐린 기억 속으로 멀어지면

가을은 다시 바람을 등지고
겨울을 향해 뚜벅뚜벅
운명처럼 걸어가고 있다

가을밤

뒷산에 해 걸려
산 그림자 드리우면

호롱불 하나둘 잠에서 깨어나
아이들 웃음소리 불빛 타고 흐른다

두둥실 보름달 앞뜰을 비추니
귀뚜리 소리 높여 울음을 더 하네

갈대밭을 스쳐 가는 가을바람
서로 끌어안고 이별을 얘기하지

가을 벼랑 끝에 서 봐야
매섭던 햇살이 행복인 것을 아는 거야

가던 발길 되돌려 터덜터덜 걸을 때
서럽게 울던 풀벌레 울음 멈춘다

갈대

바람이 종일 밀어 줘도
날듯 날듯 날지 못하고

기껏 출렁이거나 퍼덕이다가
애꿎은 새 떼만 쫓고

밤낮 스산한 울음만 일궈 내는
가을 철새

갈대와 억새

갈대면 어떻고 억새면 또 어떠냐
어차피 나부끼는 것을

물가에 피면 어떻고 들녘에 피면 어떠리
어차피 외따롭기는 매한가지 아닌가

종일 퍼덕이고 날지 못하는 것도
가슴에 무리 지어 밀려오는 것도
사무치는 그리움인 것도
모두 마찬가지고

한낮엔 그저 흔들거리다가
달뜨면 흐느끼는 것도 같으니

이 가을에는
내 마음이 갈대 같고
또한 억새 같아라

겨울 포구에서

겨울 포구는 말이 없다
살을 에는 바람에도 포구를 맴도는
갈매기 날갯짓이 살갑다

저만치 선착장엔
매일 밤 만선을 꿈꾸는 헐벗은 고깃배들이
출렁이는 물결에 얼은 몸을 서로 부비며
취객처럼 비틀거린다

한때 사냥개처럼 고기 떼를 쫓던 그물은
이젠 얼음 깔린 바닥 위에 걸인처럼 웅크리고 잠들어 있고
찢겨진 그물코 사이로 겨울바람이 음흉하게 스쳐 간다

비릿한 내음이 찬바람에도 선창가를 떠도니
굶주린 길냥이가 나지막이 갓난아이 울음을 울고 있다

수평선 저 너머
가물가물 호롱불로 밤을 새운 늙은 등대가
밀려오는 파도에 애처로이 떨고 있는 사이로

아직 채우지 못한 고깃배 한 척이
고개를 떨군 채 찢겨진 깃발을 날리며
새벽 안개 헤집고 헉헉거리며 돌아온다

어디서부터 날아왔을까
고깃배를 쫓는 괭이갈매기의 날갯짓에
막 떠오르는 붉은 햇살이 허공에 흩어진다

기다림 1

없는 척
아닌 척
괜찮은 척
시치미 떼고

비, 바람, 햇살일랑
다 보내 주고

길목 지켜
너만 걸리기를
오늘도 숨죽여 기다린다

가창오리

큰 맘 먹고 찾은 주남저수지에는
군무群舞를 볼 수 없었다

겨울 한 철 소리 없이 날아와
조용히 호수 위에 머물다

해질녘 낙곡이나 주워 먹으려
떼 지어 날아올랐는데
그나마도 소 여물로 빼앗겼기 때문이야

각설이도 찬밥이 있어야 노랠 부르고
줄광대도 동전 몇 닢 던져 줘야 줄을 타는 법
그 잘난 사진 몇 컷으로 더 이상 춤을 출까

낙곡 없인 군무도 없다며 투덜거리고
벌써 더러는
주섬주섬
짐을 챙기고 있었다

고드름

겨울이 저를 나날이 키웠지요
점점 커지자 사람들은 저를
걱정스러운 얼굴로 쳐다보았습니다

나도 종일 매달려 있느라 쉽진 않았어요
때론 점점 비대해지는 자신을 보면서 겁도 났구요

햇살이 비치면 늘 불안했어요
처음엔 한 방울 한 방울 떨어지더니
어느 날 갑자기 처마가 저를 놓았어요
떨어진 나는 여러 조각 났지요

그때 사람들은 이제 봄이라며 손뼉을 쳤어요
내가 땅속으로 들어가면 겨울잠 자는 푸른 잎을
새싹들을 깨워 올려 보낼 테니
저를 용서해 주세요

나비 1

그 옛날 꾸물꾸물 징그럽게 기어 다닐 때
지금의 내 모습을 상상이나 했겠냐
내가 남긴 잎사귀의 상처를 보면서
그저 나를 혐오했으리라

그런 차가운 멸시를 느끼면서
눈물과 함께 꾸역꾸역 잎사귀를 삼켰다
몇 번의 허물을 벗고 마침내 나는 날개를 펼쳤다

놀라움에 커져 버린 너의 눈을
이젠 내가 멸시하고
보란 듯 사푼사푼 주변을 날아다닌다

보라, 어느 누가 내 빛깔을 흉내 낼 수 있단 말인가
날개 달린 어느 것들이 나처럼 살랑거릴 수 있단 말이냐

이제야 꽃들이 나를 환영하고 또 유혹하지만
내 그리 쉽사리 앉지는 않을 것이다

앉을 듯 말 듯 날아다니며
너희들 애간장을 태우마

나비 2

나비는 봄 한 철
활개 치는 파렴치범

애벌레 시절 온갖
이파리에 구멍을 낸 죄로
독방 신세를 지고서도

출소 후엔
노랗게 하얗게
때론 알록달록 분장하고
꿀 도둑질이다

총도 칼도 없이
달랑 대롱 하나로
대낮에 이 집 저 집 다 털고 다닌다

절도죄로 체포할 수 없는 것은
도둑맞은 꽃들 중 그 누구도
신고할 생각이 없기 때문이다

모닥불

모닥불이 되고 싶어
하나둘 사람들이 모여드는

위선과 체면 따윈 불쏘시개 삼고
따듯한 사랑과 우정을 지피고 싶어

불꽃은 하늘에 올라 별이 되고
그 별 아래 밤을 늦도록 지켜야지

동틀 무렵 기척 없이
사라져 간 어느 길손처럼

지난밤의 흔적일랑 한 줌 재로 남기고
조용히 식어 가는 그런 모닥불이 되고 싶어

네 잎 클로버

우리가 태어나자
세 잎 친구들은 우리를 변종이라 놀려댔습니다
사실 우리도 다른 친구처럼 세 잎이고 싶었습니다
우리 네 잎 형제는 서로 네가 먼저 숨으라고 했지만
아무도 숨지 않았습니다

그런 어느 날
사람들이 우리를 보더니
행운이라며 잘라 갔습니다
세 잎 친구들은 그런 우리를
동정 어린 눈으로 바라보았습니다
우리 형제는 친구들로부터 멀어져 가면서
눈물을 흘렸습니다
마침내 우리는 책갈피에 눌려서
숨도 제대로 못 쉬고 말라 갔습니다

그런데
남아 있던 많은 친구들이
토끼 밥이 되거나 사슴 간식이 되었습니다
그리고 가을이 되자 나머지 친구들도 모두 말라서
이리저리 흩어졌습니다

하지만
잘 말려진 우리는 단정하게 코팅이 되어
영원한 생명으로 다시 탄생하였습니다
그리곤 책갈피 여기저기를 옮겨 다니며 책을 읽습니다

오늘도 우리는
세상의 재미있고 아름다운 이야기를 읽으며 살아갑니다
행운은 우리를 차지한 사람에게 간 것이 아니고
바로 우리 네 형제에게 찾아온 것이었습니다
아마도 행운은 이렇게 찾아오나 봅니다

달아공원

서산에 걸린 저 석양
붉은 조명 비추며 아슴아슴 넘어가고

모래사장을 끼고 돌던 강물은
홀로 어두워 가며 잠자리를 준비한다

잔울음 울며 모래밭을 뒤지던 철새도
부리를 강물에 씻고 둥지로 날아가니

저 너머 작은 섬엔 연기가 피어오르고
하나둘 불을 지핀다

지친 몸 불구하고 까치놀 펼치며
잠자리 찾아 바다로 드는 저 석양

내일 다시 저 너머 동녘에서
희망처럼 불쑥 솟을 것이야

우리의 미래를 약속하며
힘차게 솟을 것이야

밤비

밤새 내리는 저 비는
떠난 여인의 발자국 소리
이제 그만 잊어 달라던 힘없는 목소리
그칠 듯 그칠 듯 다시 내린다

얼핏 잠이 들었을까
문고리 두드리는 소리
반가운 마음에 문을 젖히니
들이치는 비바람만 내 가슴 적신다

봄

선운사 동백이 잔설殘雪에 붉어 가니
실개천 양지 녘에 갯버들이 다퉈 핀다

겨우내 기세등등 처마 끝 고드름도
이제는 제 몸 녹여 봄을 알리네

개나리가 흙 담장을 노랗게 물들이고
진달랜 산기슭에 붉게 모여 피는구나

밭고랑 눈 속에 숨어 자란 겨울 냉이
춘심春心을 못 견뎌 살포시 고갤 드니

중천中天 해 나 몰라라 길섶 잡풀도
졸린 눈 비벼 가며 기지갤 켠다

뻐꾸기

한여름 숲 속은 뻐꾸기 세상
목소리 큰 놈이 최고인 세상에
뻐꾸기만큼 밤낮 큰소리치는 놈 없고
더욱이 한 마리면 온 산을 울리기에 충분하지 않나

짝 찾으러 이산 저산 날며 울고
남의 둥지에 몰래 맡긴 새끼들 걱정에
밤늦도록 애달피 울고
메아리로 돌아온 제 울음소리에 취해 또 우니
이래저래 울음 그칠 날 없다

뻐꾸기 그 끊임없는 울음에 산이 푸르러 간다
그 끈적끈적한 울음에 여름이 농익어 간다

새는

새는 동트는 새벽을 물어 와 창가에서 노랠 하지
사실 자명종이 필요 없어
꽃도 새가 울어 피는 거라네
새 없이 꽃만 피는 곳은 없을 테니까

뒷산 두견새가 휘파람을 부니 봄바람 불어오고
논 가운데 백로가 장식깃을 퍼덕이면 여름이 시작되지
기러기는 줄지어 높이 날며 가을 소식 전해 주고
우포늪 고니는 큰 날개에 겨울 품고 먼 곳에서 온다네

마을 까치 울어대면 반가운 손님 온 것이고
까마귀 떼 우짖으면 누군가 세상과 이별을 한 것이지
솔개는 높이 날아 어미 잃은 병아리를 알려 주고
부엉이가 울어대면 밤이 깊었다는 것이지

그 옛날 제비는 호박씨로 놀부를 혼내더니
요즘 비둘기는 마술사 손에서 재롱을 떤다네
새들 노래와 날갯짓 속에서
우리 인생도 그렇게 영글어 간다네

아침

아침은 참 부지런도 하다
동도 트기 전에
새를 깨워 노랠 부르게 하고
새벽닭을 울린다

또 달빛을 서서히 거둬들이고
별들을 집으로 돌려보낸다

이슬 만들어 풀잎 위에 뿌려 놓고
새벽 장터에 모닥불을 지피게 한다

마지막으로 해를 띄워
만물에 그림자를 달아 주니

모두 깊은 잠에서 깨어나
저리도 바삐 움직이는구나

야생화

야생화 집으로 데려가지 마라
유기견이 아니다

집으로 데려간 유기견은 고개 들며 꼬리 치지만
집으로 데려간 야생화는 바로 고개를 떨군다

유기견은 사람 그리워 울지만
야생화는 사람 만날까 운단다

너도 집 떠나면 쉽게 잠 못 들지 않더냐
야생화 탐나거든 너 혼자만 알고
몰래 와서 구경만 할 일이다

연꽃

하늘에서 버려진 빗방울
연잎이 받아 굴려 초록 구슬을 만든다
방울방울 구슬을 연못에 떨구니
연밥 품은 연꽃이 살포시 머릴 든다

진흙탕 속에서도 살아남아
연못을 온통 녹색으로 덮어 버리니
뛰어들어도 내 몸을 받아 줄 것 같네

연꽃 향에 취한 오뉴월 뻐꾸기
아직 둥지조차 틀지 못하고
연못가를 맴돌며 울고 다니고

어느덧 연꽃 위에선
미소를 띤 부처가 가부좌를 틀고 있다

슬그머니 연밥 두어 개 꺾어 볼 양 주변을 살피는데
갑작스러운 뻐꾸기 울음에 헛기침만 하고 돌아서네

올해 벚꽃

벚나무도 꽃을 피울 땐 힘을 주는가
개화 전 벚꽃이 술 취한 얼굴처럼 불콰하다

이윽고 강냉이 튀듯 꽃망울이 터지긴 했는데
그만 며칠 견디지 못하고 꽃잎이 바닥에 뒹굴고 있다

이번 봄엔 추위가 아닌 비바람이 시샘을 다 하네
하긴 어느 봄이 그리 쉬 오고
어떤 꽃이 그리 쉬 피겠는가

그래도 늘 그랬던 것처럼
새 잎사귀를 내밀 것이고 열매를 맺을 것이야
그렇게 또 봄은 지나갈 것이고
세월은 그렇게 흘러갈 것이고

장미薔薇

그대는
제법 사납게 올린 눈매와
짙은 화장이 어울리는 여인이다

때론
거울 앞에 앉아 비녀를 입에 물고
참빗으로 긴 머리 곱게 빗어 내리는
단아한 모습의 옛 여인이기도 하다

무심코 스쳐 가도 그윽한 향이 품어 나오지만
아무나 쉽게 유혹하지 않는 절개 굳은 여인이요

여러 빛깔로 화장을 하여
속마음을 들킬 일이 없는 여인이다

한 송이로도 가슴을 설레게 하는 유일한 꽃이요
여러 송이로 여심을 뒤흔드는 마력의 꽃이다

가시가 없더라도 꺾기가 조심스러운 꽃이지만
가시가 있기에 더욱 꺾고 싶은 꽃이다

진달래꽃

진달래 분홍은 인내의 분홍
겨우내 두견새와 소곤소곤
4월의 잔치를 준비했다

진달래는 능숙한 시위대
하나둘씩 붉게 분장하더니
순식간에 계곡으로 모여들었다

온 강산 쩌렁쩌렁
분홍의 구호를 외치다가
얼굴이 더욱 붉어지는 성난 시위대다

그땐
수백 년 소나무도 아름드리 참나무도
그저 허허 웃으면서 지켜볼 따름이다
분홍의 시위대가 제 풀에 지칠 때까지는

청매실

5월 햇살에
청매실이 소리 없이 익어 간다

그 흔한 과일 향조차 없다마는
자신 없는 과일이 향을 풍기는 법

달콤하진 않더라도
쉽사리 무르지 않는 열매가
매일매일 야무져 가고 있다

겨우내 마른 가지
희망이 없어 보여도
올봄도 어김없이 홀로 꽃피우고
열매를 맺지 않는가

절망의 끝에는 푸른 희망의 열매가
다닥다닥 붙어서 숨 쉬고 있는 법이다
5월의 햇살을 기다리면서

청보리

입동 무렵 설렁설렁 뿌려지고
겨우내 짓밟혀도 눈 녹은 물 움켜잡고
훌쩍 자란 청보리

어느새 긴 머리 여인 되어
이슬로 머리 감고 봄바람에 말리니
연록의 파도 되어 출렁인다

가만가만 보리피리 소리를 밟고
사잇길을 걷노라면 풋풋한 그리움이
봄바람에 묻어난다

이맘때면 떠돌이 흰 구름도 보리밭을
기웃거리고 뜨내기 봄바람도 추파를 던져 본다

청보리 흔들어대는 봄바람
지지배배 종다리 날려 놓더니
이내 내 마음마저 흔들어 놓는다

코스모스

이맘때쯤 가을 오면
다소곳이 화장대 앞에 앉아

여름 내내 담아 놓은 햇살
조물조물 버무려
연지 곤지 바르고
알록달록 화장해서
그대 맞을 준비해요

슬며시 뒷문 열어 가을바람 불러들여
살랑살랑 그대 마음 흔들어 보아요

서리 내리면 난 떠나니
늦기 전에 들러 가시라
그대를 유혹해 봅니다

가녀린 몸
홀로는 부끄러워라
친구들 모아 놓고 외쳐 봅니다
"이 가을 가기 전에 한 번
찾아 주세요"

코스모스 꽃길

목련 벚꽃 아카시아 떠난 들녘에
슬며시 자리 잡아 화사한 길 꾸몄네요

바람 소리 울긋불긋
가을 하늘에 퍼지면

와글거리지도 소란하지도 않고
살짝살짝 가볍게 몸 흔들어댑니다

꽃길의 저쪽 끝에 겨울의 얼굴이
얼핏 보입니다

하지만 두려워 말아요
그대가 여태껏 견디지 못한 겨울은 없었으니까요

그저 이 가을이 마련한 꽃길을
사뿐히 걸어가면 될 일입니다

통영 바다

통영 바다는 파도치는 법을 잊어버렸다
가끔 태풍이 등 떠밀며 파도치는 법을
가르쳐 주곤 한다

통영 바다는 잘 닦인 거울이요
바람조차 미끄러지는 차진 호수다

무뚝뚝하기가 때론 골란 머슴 같지만
깊은 속은 종갓집 맏며느리만큼이다

그래도 가끔은 육지를 어루만지고도 싶으련만
섬들이 훔쳐 볼까 아닌 척 시치미 떼는 새색시와도 같다

밀려오는 것은 파도가 아니고 그리움이라 했는데
아무도 그리워하지 않는 양
속내를 바다 깊이 품고 있다

그런 네가 더욱 그리워서
오늘도 나는 통영 바다를 다시 찾는다

함박눈을 맞으며

고개 들어 함박눈을 보았지
눈은 내려오고 나는 하늘로 올라가고

새털같이 가냘픈 것이 하나둘 내려오니
어느덧 세상은 포근한 이불 속에 몸을 숨긴다

눈사람 굴려 볼 어릴 적 동심도
눈 위를 뒹굴어 볼 젊은 치기도 이젠 없어

얼마를 더 걸어 또 어디로 가야 하나
그저 내 발자국만 묵묵히 나를 따르고 있어

더 갈 곳 마땅찮아 그만 돌아서는데
이만큼 쌓인 눈 내 발목을 잡는다

통영 밤바다

밤바다 밝히던 보름달
잠시 쉴 곳을 찾다가
슬며시 통영 바다에 내려앉았네

한줄기 바람
호수 같은 바다 위를 스치니
달빛이 사방으로 흩어져 별빛처럼 반짝인다

조각난 달빛은 밤새 밤바다를 떠돌며
칭얼거리는 바다의 잠투정을 달래 준다

묵묵히 파도를 막아주던 섬할배
두런두런 옛이야기 들려주면
오늘도 통영 바다는 순한 아이 되어 잠든다

별빛도 달빛도
잠든 바다를 차마 떠나지 못하고
섬도
바다를 떠나지 못하니
나 또한
쉬 통영 밤바다를 떠나지 못하겠네

제2부

버려진 운동화

아마 애들 짓일 것이다
장난하다 그리되었을까
아님 작심하고 그랬나
처량하게 매달린 채 버려져 있다

네 주인이 널 처음 본 날을 기억하겠지
어쩜 엄마 손을 끌어가며 힘들게 너를 차지했을지도 모른다
그리곤 소풍날 같은 좋은 날엔 꼭 너를 선택했을 것이다
그러나 이젠 유기견이 따로 없다

오며 가며
매달려 있는 널 본 지도 벌써 여러 달이 지났다
차가운 눈발에는 외로이 떨고
비 내리는 날엔 종일 뚝뚝 눈물을 흘리더라
따가운 햇볕에는 바짝 말라 헉헉거리더니
바람 부니 처량하게 흔들리고 있다

찾아오는 이도

찾을 사람도 없는데

넌 언제까지 거기에 그렇게 매달려 있을 거냐?

네 모습이 나와 같다

내 모습이 너와 같다

거울 앞에서

거울에 있는 나는 내가 아니고 싶다
사진 속에 나 역시 내가 아니기를

세월이 그리도 무거웠나
볼은 처지고 주름은 골이 깊다

머리엔 사철 서리가 내리고
장마가 오기도 전 얼굴 이곳저곳 곰팡이가 폈다

젊은 시절 거울 속 나는
울어도 웃고 있었는데
지금은 웃어도 울고 있다

그나마 이 얼굴이 살아야 할 날 중
가장 팽팽한 얼굴이라

그래, 그래도 나는
오늘 아침 마누라가 건네준
썬 블록을 골고루 치대면서
30대 걸음으로 집을 나선다

골프

공만 때리느라
깃대만 노리느라
숲도 호수도 안 보고
꽃밭도 무시하고
검은등뻐꾸기 울음도 흘려보냈지

마지막 홀 장갑 벗자
그제야 들어오는 푸른 잔디
야생 양귀비꽃
소쩍새 울음소리

김 오르는 탕에 몸을 담아
유리창 밖 풍경을 보며
대체 저기서 난 종일 무엇을 쫓았단 말인가
헛웃음이 피식 입가로 흐른다

곱창

뜨겁게 달궈진 무쇠솥 뚜껑 위로
똬리를 틀어 구우면
요란한 빗소리 들린다

노릇노릇 익어 가는 곱창을
가위질하면
곱이 꽃송이처럼 피어나지

겨자 푼 간장을 살짝 묻혀 씹노라면
입안에 번지는 고소한 향기가
내 귀를 먹게 하고 눈을 멀게 하네

출출한 가슴 곱창으로 달래고
곱창의 느끼함은 소주로 달래고
소주의 쌉쌀함은 다시 곱창으로 달래며

주거니 받거니 권커니 잣거니
이 밤 이렇게 깊어 간다

국수

용암처럼 설설 끓어오르는 물속으로
바싹 마른 국수가 스르르 미끄럼을 탄다

휘어짐을 절대 거부하고 행여 건들기라도 하면
바로 부러지는 깐깐한 성질머리가
한동안 흰 거품을 토한 후 순한 양이 되었다
거기에 찬물에 목욕까지 마치니
마침내 탱탱한 여인의 몸매로 탄생한다

뜨끈한 멸치 국물에 담가
한 젓가락 크게 들어 당겨 올리는데
아무 저항 없이 내 입안에 감기는 촉감이
그 옛날 으슥한 골목길에서 훔치던 첫사랑의 입술 같다

마지막 남은 국물로 입가심을 하면
이마에 송골송골 땀이 맺히니
주머니 비어 있고 출출한 속 달래기에
국수만 한 것이 또 어디 있으랴
첫사랑의 그 부드럽고 따스한 입술 같은 맛

노약자석

이제 슬슬 앉아도 되는 나이 아닌가 싶어
슬쩍 앉아 보다가도

자꾸 앉아 버릇하면 조만간에 아주
주저앉게 될 것이라는 생각이 들어

그래, 버틸 때까지 버텨 보자며 일반석으로
자릴 옮겼는데

내 앞에 앉은 머리 숙인 젊은이
서 있는 날 보면 혹 부담스러워 하려나

다시 노약자석 쪽으로
슬그머니 발길을 옮기네

길

길은 태초부터 있었나
그래서 끝이 없이 이어지고 있나 보다

길이 있으니 내가 달리고
내가 가니 길이 생긴다

길은 어서 만나라고 있는 것이고
길은 그만 헤어지라고 있는 것이요
길은 이젠 떠나라고 있는 것이지

길도
길을 떠나
길을 달리니
길은 끝없이 이어지고 있구나

도시의 잔설殘雪

온 도시를 하얗게 뒤덮은 것도 잠시
이리 치이고 저리 치이고
때론 소금에도 절여졌다

마침 낸 응달진 구석에
시커먼 먼지를 뒤집어쓰고
노숙자처럼 쪼그리고 앉아 있기도 했고

그나마 한 움큼 봄 햇살 비치니
이젠 자취조차 없구나
그래, 내년 겨울일랑 저 산 저 들판 위에 내려
세상 구경 오래 하렴

맷돌

인절미나 할까 하고
콩 볶아 맷돌을 돌리는데

콩고물과 함께 함지박으로
쏟아져 나오는 것들이 있네

먼저 봄 햇살 여름 햇빛이
두어 주먹 나오더니

밭에 흘린 땀방울인가
족히 몇 되는 흘러나오고

이어
장맛비 내리는 소리가 들리는가 싶더니
콩 터는 소리가
늦가을 바람에 실려 나오네

마지막으로 아낙의 시름이
한 가마는 더 쏟아져 나오는구나

무쇠솥

장작불 위에 걸터앉아
씩씩거리며 땀을 흘리더니

마침내 육중한 철문 열리는 소리를 내며
뚜껑이 열린다

수증기가 연기처럼 피어오르자
딱딱한 것은 부드럽게
질긴 것들이 연하게
작은 것들은 풍성하게
다시 태어난다

까칠하고 딱딱한 내 마음도 무쇠솥에 넣고
두어 시간 삶으면 좀 너그러워지려나

밍크코트

밍크코트 입고
제발 귤 값 깎지 마라

내복도
함부로 입지 말고

거리에서
구운 가래떡 사 먹지 마라

무엇보다
지하철 빈자리 보고 미친 듯 뛰지 마라

밍크를 두 번 죽이는 일이다

봄 유리창

봄비가 창문에 부딪쳐
흘러내리는 날엔

유리창에 후우 입김 불어
입술을 찍어 봐요

손바닥도 찍어 보고
그림도 그려 봐요

방금 그린 한 마리 나비는
해가 들자 날아가 버렸어요

꽃님이 불러서 날아갔나
해님이 불러서 날아갔나

붕어빵

추운 겨울 한 번 녹여 보겠노라
이 골목 저 골목에서 뜨겁게 태어나

식어 가는 가로등 아래
늦도록 추위와 겨뤄 보지만

손주 손 할미 손 위에서
몇 번 퍼덕이다가

봄 아지랑이 피어오르면
내년 겨울에 보자며 슬며시 자취를 감춘다

빈자리

엊그제 서울로 돌아간 아들 녀석의
차가 놓여 있었던 자리
잠 깬 한밤중에도 졸린 눈이 먼저 향했던 곳

차가 없으면 도서관에 있으려니
차가 보이면 안심되어 잠을 다시 청하곤 했다

이제 아들이 떠나니 그 자리가 휑하다
우리네 인생도 오며 가며
또 들며 날다가

결국은 다시 빈자리인 것을
욕심낼 그 무엇이 있어 그리도 안달이냐

밤새 빗방울이 빈자리를 때리더니
오늘은 이른 아침부터 햇살로 가득하다
그 자리에 청설모 한 마리가 기웃기웃하더니
이내 사라졌다

생각

종일 무슨 생각을 그리도 많이 하는지요
생각은 또 다른 생각을 낳고 또 낳고
그래서 하루에도 오만가지 생각을 한다고 하나 봐요
그것도 모자라 꿈속에서도
아침이면 기억도 못 할 생각을 또 합니다

욕심은 어떻고요
무슨 욕심을 그리도 많이 부리는지요
작았던 욕심을 채우고 나면
더 큰 욕심이 다시 생기고 또 점점 더 커지고
그 욕심이 허망하다고 느낄 때까지
끝이 없이 키웁니다

얼마나 공부해야 또 얼마나 늙어야
단순한 생각 욕심 없는 마음이 얻어질까요

3월의 인사동

골목 응달진 구석 곳곳엔
아직 대지로 스며들지 못한
고집스러운 잔설殘雪이 한 귀퉁이를 차지하고
거뭇거뭇 먼지를 뒤집어쓴 채 웅크리고 있다

유리 장식장 안
말없이 서 있는 주인 잃은 자기磁器는
그 옛날의 영화를 지금도 기억할까?

그 아래 핏기 잃고 환자처럼 누워 있는
고서古書는 그 옛날 선비의 책 읽던 입술을 그리워할까?

수없는 주인의 손 바뀜에도
전통이라는 옷을 입고
품위를 잃지 않고 버티기를 수백 년
오늘도 새 주인과 눈 맞추기를 기다리는데

쌈지길 한가운데
가위질 장단의 엿장수 타령이
인사동의 봄을 재촉하고 있다

서대문 형무소

한겨울에 찾은 서대문 형무소는
겨울이라 추운 게 아니었다

차가운 붉은 벽돌 사이를
비집고 나오는 고통의 소리

그것은 민족의 한 맺힌 울음
목숨 걸고 조국을 지키려는 애국의 몸부림

옥사 곳곳 고통에 찬 비명은
통곡의 나무를 울리고

그 어둠 속에 굶주린 영웅들은
창문 너머 한 줄기 빛을 먹고 살았다

이제 그들의 한을 풀어야 하는 것은
우리 후손의 몫이건만

영웅들의 긴 한숨 소리는
형무소를 한참이나 빠져나와도 들을 수 있었다

세발낙지

처음엔 지켜보는 것도 섬짓했다
잘게 잘린 마디마디가 일시에 꿈틀거려
눈앞이 어지러웠다

늘 엄마 품속 같은 갯벌에서 쏘다니다가
딱딱한 접시가 웬 말이며
난도질이 더욱 웬 말이냐

한참을 지켜보다가
마침내 젓가락 들어 한 점 집으려는데
좀처럼 접시가 놔 주질 않는다
어찌어찌 입에 넣었는데 입안에 붙어 버렸다

놀래 대충 씹어서 넘겨 버렸으니
뭔 맛인지 느낄 겨를도 없었다
뻘이 흐느끼고 파도가 높이 일 것 같으니

이런 생각으로는 고기 한 점
나물 한 접시도 제대로 먹기 힘들겠다
나무관세음보살

손톱을 깎으며

어느새 훌쩍 자란 손톱
손톱이 자란다는 건
내가 아직 살아 있다는 증거
그러니 불평할 일 아니지

어릴 적 누이 손톱 끝에 살짝 걸친
붉은 초승달이 그리도 곱더니만
이젠 네일 숍의 화려한 빛깔에 자취도 없어

이담 울 며느리 손톱에는
늘 봉숭아꽃이 피어 있으면 좋겠다는
케케묵은 생각을 하면서

돋보기 찾아 쓰고
신문지 펼쳐 놓고
딸깍 딸깍
내가 살아 있다는 증거를 하나씩 없애고 있네

신발 한 켤레

우린 같은 시간에 태어났지만
모습은 조금 달랐습니다

쉴 때는 나란히였지만 걸을 땐 따로였습니다
늘 앞서고 뒤서고 다투면서 나아갔어요

나란히 같이 가는 것보단 끊임없이 경쟁하니
더 멀리 갈 수 있다는 사실을 깨달았습니다

그리고 한 짝을 잃으면 다른 한 짝도
쓸모없어 버려진다는 사실도 알았어요

우리는 따로였지만 결국 하나였음을
다른 짝이 떠난 후 알게 되었습니다

누군가 떠날 땐
깨달음을 남겨 놓는다는 것도 알게 되었습니다

시래기

시래기는 돌아가신 외할머니의 손등
마르고 거칠어진 살갗에 가슴이 아려 온다
바시락
마른 가랑잎 소리를 내며
금방 가루 되어 부서질 것 같다

겨우내
처마 끝에 굴비처럼 엮여 매달리고
때론 명태처럼 덕장을 차지하고
낯선 바람 견디며 황태 꿈을 꾸었다

이제 끓는 물속에서 제 모습으로 단장하고
저녁 밥상에 살며시 오르니
외할머니 냄새로 방 안이 아득하다

진정
너는 겨울을 이긴 인동초

숯불처럼 화려하지 않지만
화롯불처럼 은은함으로
이 차디찬 겨울을 녹인다
얼어붙은 내 마음을 녹인다

아욱국

아욱국은 가을을 담아 오지
구수한 된장국 속에서 젓가락을
따라 올라오는 것은 아욱이 아니고 가을이야

입술처럼 연약하고 부드러운 줄기가
혀 안에서 맴돌다가
마침내 목구멍을 간지럽히며 들어가는
그 느낌, 바로 가을인 게야

쌀뜨물에 목욕하고 된장 푼 멸치 국물 속에
건새우와 헤엄치다 마침내
축 늘어져 아무 저항 없이 올라와
몸을 허락하는 수줍은 여인과도 같지

아직은 늦은 여름
나는 오늘도 가을을 찾으려
김이 하얗게 피어오르는 아욱국에
얼굴을 묻고 킁킁거리고 있다네

아코디언

메마른 손 주름진 가슴을 쥐어짜면
신음처럼 비집고 나오는
굴곡진 인생 이야기

이젠 곰삭아 아픔조차 추억이 된
첫사랑의 노래가 주름 사이로
스멀스멀 흘러나온다

지척거리며 내리는 밤비
곰팡이 피는
어느 지하 카페에서

낯선 여인과의 하룻밤도
한 번쯤 나를 보듬어 줄 것 같아
깊어 가는 이 밤을 그대의 흐느낌에 맡겨 보노라

오래된 시계

네가 신혼 때 우리 집으로 들어왔으니
얼추 30년이 되었다 그간 넌 정말 거의 완벽했단다
정확한 시간을 알려 주고 또 정확한 시간에 날 깨웠지
혹 누르고 자면 다시 울려 주기도 하고 정말 고마웠단다

그러니 여러 번의 해외 근무에도 널 데리고 갈 수밖에
그러던 네가 요즘은 예전 같지 않구나
나만 늙는 줄 알았는데 너 또한 늙네

엊저녁엔 느닷없이 한밤중에 네가 알람을 울렸어
집사람에게 '당신이 알람 했냐'고 물으니
'요즘 수시로 저런다' 하더라
짜증보다는 '아이고, 안쓰러워라'란 말이
불쑥 먼저 나오더구나

이쯤 되면 넌 살아 있는 생물 같다
그저 말이 없고 움직이지 못하는 것뿐이지 넌 우리 식구야
설혹 고칠 수가 없더라도 널 버리는 일은 결코 없을 거다

그러니 강아지 어떻게 키우냐?
개도 늙으면서 별 고통을 다 겪으면서
우리 가슴을 아프게 할 텐데
그리 보면 인간은 참 오래 사는 거야
그래도 다들 더 살고 싶어 안달이니
사람 욕심 끝이 없구나 그렇지?

오른손에게

참으로 미안하게 됐네
마디마디가 다 쑤신다지
퇴행성이라고 들었어

내가 자넬 너무 많이 부려 먹어서 그래
사실 그간 힘든 일, 못된 일 다 자네를 시켰구먼
심지어 콧구멍을 파는 지저분한 일도 자네를 시켰지

그건 자네가 미워서가 아니라
자네를 쓰는 것이 편하고 또 자네가 힘도 좀 쓰니 그리했구먼

오른쪽 고무장갑에 주로 구멍이 날 때 알아봤어야 하는 건데
그땐 그저 며느리가 왼손잡이면 좋겠다 생각만 했지

이젠 좀 쉬게나
이제부턴 왼손이 알아서 할 거야
이제야 하나님께서 손을 두 개로 만들어 주신 것을 이해하네

그간 얄미운 왼손이라 생각했겠지만
얄미운 친구도 없는 것보다는 낫지
그렇게 이해하고 어서 노여움 푸시게나

연탄의 하소연

연탄이 되어 보니 사람이 어떤 동물인가를 알게 되네 그려
시커멀 때는 무겁더라도 사람들이 줄 서서
아기 다루듯 조심조심 나르곤 했지
겨울이 오면 힘들게 천장 꼭대기까지
쌓아 놓고도 흐뭇하게 바라보기도 하고
불이 한참 타오를 때면 밥도 지어 먹고
국수도 삶고 또 내 주변에 모여들어 손 비비면서 덕담하거나
돌아서서 궁둥이 꽤나 덥혀 가곤 했는데
다 타고 나니 눈길에 굴리고 밟아 버리데
게다가 오다가다 눈에 띄면 왜 그리 발길질을 해대는지
내가 다 타고 나면 왜 그렇게 창백해지는 줄 아는가
구둣발에 차일까 봐 그렇다네

이사 가던 날

절대 그 녀석을 좋아하지 않았어요
늘 거칠고 욕심도 많았으니
그래도 이웃 아이라 많은 시간을 그 애와 보냈는데
어느 날 갑자기 그 애가 이사를 한다고 짐을 쌌어요

이삿짐을 실은 트럭을 먼저 보내고
그 애는 부모와 택시를 탔습니다
뒷좌석에서 나에게 웃으면서 손을 흔들었습니다

택시가 멀어져 가니 갑자기 눈물이 흐릅니다
정말이지 그 앨 한 번도 좋아한 적이 없었어요
그런데 이 눈물은 뭐죠?

멀어져 가는 그 녀석을 차마 끝까지 못 보고
돌아서선 죄 없는 깡통만 발로 찼습니다

이삿짐

평생 6번 해외 이삿짐을 꾸렸다
그 이삿짐을 마누라 혼자 꾸렸다
밤늦게 돌아와 보면
하나둘씩 이삿짐이 높이 쌓여 갔다

나중에 천천히 같이 하자 하면
성질 급한 마누라는 혼자 싸 버렸다
혼자 끙끙 꾸리면서
때론 나를 짐과 함께 박스에 같이 싸 버리고 싶었으리라

언제나 성질 급한 놈이 지는 법이다
성질 급한 놈이 이삿짐 혼자 꾸리는 법이다
게으른 놈은 부지런한 마누라 만나 살고
또 게으른 마누라는 부지런한 남편 만나 산다

그래야 세상이 잘 굴러가는 것 아닌가
그래야 나 같은 놈도 살게 마련인 것 아닌가

Moving4U
MOVING FOR YOU INC.

잠실역 벤치

잠실 지하철에서 내려 터덜터덜 집으로 향한다
롯데 백화점 입구에 벤치가 몇 개 있는데
하나같이 한가운데에 아치 모양의 칸막이가 박혀 있다

가만히 보니 노숙자가 눕지 못하게 일부러 박은 거다
그래도 아마 노숙자는 그곳에서 새우잠을 잘 거다

술 한 잔 걸친 날이면 내가 노숙자라 생각하고
지나가다 누워 보았다

노숙자 생활, 그거 아무나 하는 것 아님을 깨닫고
비틀거리며 집으로 돌아간다

타고 나서부터 노숙자인 사람 어디에 있겠는가?
세상이 그를 노숙자로 만든 게지
그래, 나는 그래도 돌아갈 집이 있다
'그럼 됐지. 행복 별것 아니다' 중얼중얼 하면서

짜장면

똬리를 틀고 있는 면발에 검은 소스를 덮어요
나무젓가락을 쪼개 서로 비벼요
면과 소스를 섞는데 벌써 침이 고여요

허기진 날은 우선 일부만 비비고 한 입 크게 빨아 보아요
그 옛날 졸업식 날만큼은 아니어도 짜장면 맛은 여전해요

자장면보다는 짜장면이라고 해야 맛이 있구요
철가방 짜장면보다는 김이 무럭무럭 올라오는
식당 짜장면이 최고입니다

주방장이나 우리나 모두 비슷한 꿈을 꾸어요
주방장은 널찍한 주차장이 있는 식당 주인이 되는 꿈을
우리는 그런 식당에서 마음껏 먹게 되는 꿈을

잠자리

회사 옥상 페인트가 마르기도 전에
내려앉은 잠자리
그만 화석이 되었다

그해 가을바람과 가을 햇살이
함께 묻혀 있구나

언젠가 이 건물이 다시 지어지는 날
잠자리는 하늘 높이 올라갈 것이다

그가 소망하던
가을바람을 타고 가을 햇살을 등지고
힘껏 날아오를 것이다

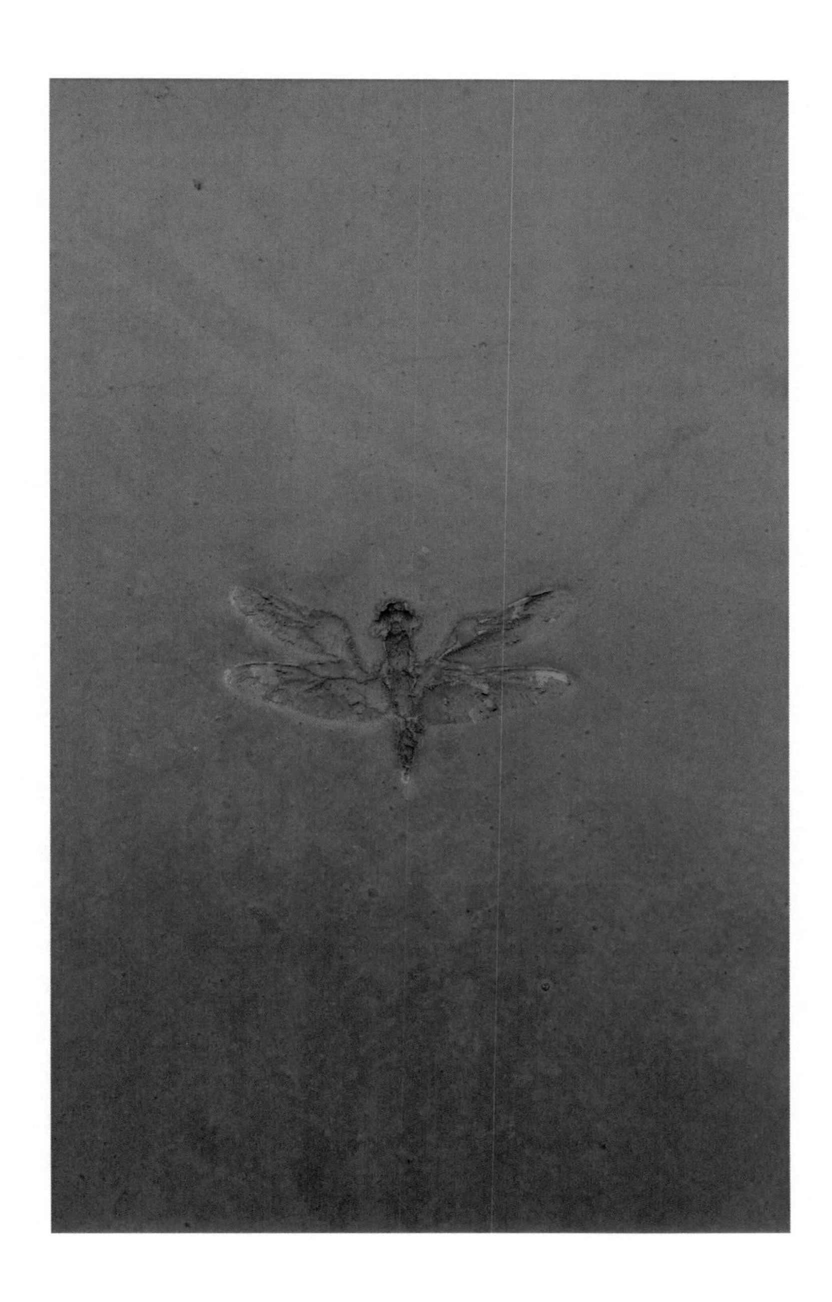

전화기

들었다 놓았다 하기를 여러 번
결국 다시 내려놓는다

그래
내가 먼저 하면 내가 지는 거야
조금만 더 기다려 봐야지

아니지
그 애도 나와 같은 생각을 하는 것 아닌가
또다시 들었다 놓았다

오늘 하루도 이렇게 저물어 간다
분명 이러자고 전화기를 만든 것은 아닐 텐데

컴퓨터 세상

동서울터미널 새벽 버스에 오르는데
승차권을 바코드 리더기에 갖다 대란다
못 보던 기계라 하니 새경 아끼자고
머슴 내쫓고 대신 들여놓았다 하네

이러다간 검침원도 매표원도 없어지고
전화 안내원도 없어지고
마침내 운전기사도 없어지는 세상이 오는 것 아닌가

왜 아니겠는가
조만간 세상은 컴퓨터와 로봇이 인간을 다 쫓아낼 것이야
수리공 몇몇만 남기고

수많은 짐승들을 멸종시키더니
결국엔 인간이 인간마저 멸종시키는 것 아닌가

커피 예찬

구수하고도 쌉쌀하고
부드러우면서 강렬하고

따끈해도 좋고
얼음을 띄워도 좋고

설탕을 넣어도 좋고
안 넣어도 괜찮고

옅어도 좋고
진해도 좋고

오래 지낸 마누라처럼 편하기도 하고
숨겨둔 애인처럼 깔끔하기도 하고

마주 보고 마시면 대화가 즐거워지고
호젓이 마셔도 오히려 분위기 있고

방금 전에 마셨는데
돌아서면 다시 당기고

키스처럼 뒷맛이 개운하고
향 또한 입안에 그윽하니

그 이상 어떤 것을
더 요구하리오

포장마차 1

포장마차 이모는
분노 한 접시를 구워 팔고
좌절 한 접시는 데쳐 팔고
낙담 한 접시를 날로 판다

덤으로
어묵이 썰어진 국물 한 그릇이 나오는데
따스한 사발을 두 손으로 감싸면
모락모락 희망이 솟는다

얼큰한 얼굴로
포장문을 열고 나오면
찬바람조차 시원하다

그래서
포장마차는 희망마차다

포장마차 2

바퀴도 말도 없는데 마차는 무슨
그저 야간 간이 진료실이 제격이지

삶의 돌부리에 걸려 넘어지거나
모서리에 찢겨 다친 사람들

사랑을 믿었던 사람들
그런 사람들이 응급치료를 받으러 오는 곳이야

갖가지 상처를 안고 모여 아픔을 이야기하지만
뭐 별 신통한 약도 주사도 없어

그저 친구가 건네는 위로의 말이 진정제가 되고
따라 주는 술 한 잔이 진통제를 대신하는 거야

그래도 포장마차를 나갈 때면
'세월이 약'이라는 처방전을 손에 쥐고 떠나간다네

하이힐

똑 똑 똑
정겨운 하이힐 소리
골목길 외등을 지날 때면 더욱
또렷해지는 소리
겨울 오면 더욱 빨라지는 소리

잠시 내 곁에 머물다 멀어져 간 그녀처럼
조금조금 가까워지다 결국엔 사라져 가는 소리
너무 어려도
너무 늙어도 낼 수 없는 소리
오래 같이할 수 없기에
더욱 정겨운 소리

똑 똑 똑
뾰족구두 그 다정한 소리
첫사랑에 뛰던 가슴 소리
그리운 그녀의 발자국 소리
멀어져 간 그녀 목소리

호박같이 살아라

호박 봐라 똥바가지 한 그릇만 부어 주면 다 알아서 하지 않더냐 넝쿨 뻗어 여기저기 마실 다니다가 슬금슬금 땅을 넓혀 꽃도 피우고 호박도 키운다

호박꽃 예쁘다고 꺾는 놈 있다더냐 그러니 꽃 피는 족족 호박이 영글지 햇볕 잘 드는 곳에 꽃피워 아침에 꽃잎 열고 저녁에 닫으면서 굶주린 벌을 불러 배를 채워 주고 호박을 얻는다

호박잎을 된장 쌈으로 인심 쓰고도 호박 커 가는 게 하루하루가 다르다 어떤 놈은 숨바꼭질하듯이 숨어서 자라다가 늦가을 넝쿨 말라 가면 슬며시 나타나 자태를 뽐내는 거 봤지? 햇살이 내리쬘수록 단단해지고 찬바람 불면 혼자 들기도 어려울 만큼 속이 꽉 차는 것이 호박이다

서리 내릴 즈음엔 방으로 자리를 옮겨 떡하니 한자리 차지하고 앉아 있지 않더냐? 어떤 곡식이 이런 대접을 받으랴 호박같이 살거라 화려하게 보일수록 속은 썩는 법이다 그저 실속 있게 사는 것이 최고니라

제3부

나무 되어 그대를

봄엔 연둣빛 여린 잎으로 당신을 유혹하렵니다
제 부드러운 속살을 느껴 보세요

여름엔 꽃피우고 시원한 그늘로 당신을 부르겠습니다
꽃향기 아래 한참 달콤한 오수를 즐겨 보세요

가을엘랑 단풍 옷 곱게 입고 당신을 초대하렵니다
폭신한 오색 낙엽을 밟고 가만가만 오세요

겨울엔 하얀 눈꽃 피워 놓고 당신을 기다릴 겁니다
눈부신 백색의 향연을 싫도록 감상하세요

많은 계절이 흘러 아무것도 할 수 없게 되면
그땐 모닥불 되어 잠시나마 당신을 데워 주고 가렵니다

꽃다발

벌 나비 유혹코자
곱게 화장하고
향수도 뿌려 보고
꿀단지도 준비했건만
만개도 전에 잘려 그만 바구니에 담겨졌다

빨강 노랑 분홍
한 인물 한다는 꽃들
다 모였으나 불평 한마디 못하고
그저 고개 들어 하늘만 바라보네

이대로 시름시름 말라 가다가
결국 쓰레기 봉투에 담길 운명이라면
차라리 향기도 꿀도 없는
조화造花가 더 낫지

진짜는 짧고 가짜가 긴
이 서글픈 세상에선

국수와 마누라

냄비에 멸치 다시 물이 끓어
구수한 냄새가 퍼지는 부엌
국수를 삶아 찬물에 헹구는
마누라의 뒷모습이 예뻐
뒤에서 안아 주었다

나를 위해 국수를 삶아
정성스레 고명을 얹어 주는 마누라가 있고
김이 솟는 뜨끈한 국수 한 사발이 있으니
사사로운 행복이
오월 봄 햇살 아지랑이처럼
모락모락 피어난다

벌써 식탁에 앉아 빈 젓가락을 입에 물고
재촉하고 있는 나를 보고
당신 그렇게 국수가 좋아? 응
그럼 말이지, 내가 좋아? 국수가 좋아?
음… 당신이 해 주는 국수가 좋아

때론 행복은
이런 유치한 질문과
통속적인 답변 속에서도 피어나곤 한다

기다림 2

아저씨 아줌마 출근하시고
누나 학교 간 사이
계량기 검침 아저씨 한 번
택배 아저씨 두 번
소독 아줌마 한 번
모두 헛걸음 하셨어요

그때마다
맞은편 402호
홀로 남겨진 강아지 한 마리
서럽게 울어댑니다

울 수 있는 저 강아지 그래도 부럽습니다
난 오늘도 말없이 종일 이렇게
식구들을 기다립니다

너

널 만나면 너는 없는데
헤어져 돌아서면 너는 거기 있다

만나면 그만 돌아서고 싶고
돌아서면 다시 만나고 싶다

이제 끝이다 싶었는데
끝은 다시 시작이 되었다

눈으로 보면 너는 없는데
눈을 감으면 네가 보인다

너무 가까이 오지 마라
무슨 일이 벌어질까 두렵다

너무 멀리도 가지 마라
너 없이 지낼 수 있을까 두렵다

너에게로

비틀비틀 걸어도
집 찾아가는 술꾼처럼

삐뚤빼뚤 날아도
꽃잎에 앉는 나비처럼

왔다 갔다 헤매도
충전기로 돌아가는 로봇 청소기처럼

내
이 여자 저 여자 기웃거리다가도
결국은 네게로 돌아가지 않더냐

님 기다리네

흰 쌀밥 고봉으로 담아
아랫목에 묻어 두고
개다리소반에 갖은 나물 올려 놓아
님 기다리네

은수저 마른 행주로
닦고 또 닦고
이제나저제나
식은 국 데우고 또 데우고

인기척에 후다닥
아 바람 소리네
발자국 소리에 귀가 솔깃
이번엔 소낙비 듣는 소리일세

멀리서 야경꾼 호루라기 소리 들리니
오늘 밤도 님 보긴 틀렸나 보이
막걸리 한 사발 가득 부어
단숨에 들이키고
입가에 막걸리를 훔치고 나니

님 향한 그리움에 눈물 한 줄기
주르륵 흘러
치마폭에 방울방울 떨어지네

덕유산 휴게소에서

물병 찾느라
잠시 차문을 열어 놓은 사이

실잠자리 한 마리 들어와
묻어가자 하네

어드메까지 가느냐 물으니
잠실 강변 딸네 집 다니러 간다 하네

아무래도 당신 때문에 기름이 더 드니
배춧잎 한 장은 내셔야겠다 하니
'무서운 놈'이라 하면서 창문 내리라 하네

실잠자리 날려 놓고
가벼워진 차를 밟아 부리나케 달려가네

실은 나도 딸년 보러 간다네
뭐 그리 날 보고 싶어 하지 않더라도 말일세

미완성 인생

어느 날 보니 컴퓨터에 메모지 여기저기에
쓰다가 만 시詩들이 애가 흘린 물똥처럼 흩어져 있었다
하긴 그간 하다가 그만둔 것들이 어디 이뿐이더냐
이 방 저 방 또 사무실의 적독積讀은 어떻고 먼지 쌓인 기타와
옷걸이 된 러닝머신 심지어 유효 기일 지난 홈쇼핑 영양제와
아직 라벨이 붙어 있는 몇 년 전 등산복 굳게 닫힌 혈압계 등
찝쩍거리다가 그만둔 것이 어디 한둘이어야지 하긴 내 인생이
변변하게 내세울 것 없는 미완성이니 뭔들 제대로 할까 싶다

밥을 씹으며

딸년을 수술장에 밀어 넣고도 허기를 느꼈고
집사람 수술 중에도 난 지하 식당으로 내려갔다

넌 그 와중에도 입에 밥이 넘어가느냐고
자책을 하면서도 밥은 입으로 꾸역꾸역 들어갔다

뱃속에서 꿈틀거리는 생존의 본능이
그리도 천박하고 비루할 수가 없었다

때론 살아 숨 쉬고 있음이 힘들고 구차스러워
눈물을 흘리면서도 내 입안에는 꾸역꾸역 밥이 들어갔다

이쯤 되니 밥은 어떤 고통보다 더 위에 있고
무엇보다 신성한 것이 아닌가 싶다

그래서 만나면 모두 밥 먹었냐고 물어보나 보다
그리고 언제 우리 밥이나 한 번 먹자고 하는 모양이다

섭섭한 일 아니지요

꽃 지면
단풍이 피죠

단풍이 지면
그 자리에 눈이 하얗게 피고요

눈 녹은 자리엔
다시 들꽃이 핍니다

진다는 것은
다시 필 것들이 있다는 것이지요

그러니 그리 섭섭해 할 일 아니지요
순서대로 돌아갈 따름입니다

손주 타령

땟찌보다는 뽀뽀를 많이 해 주어야지
이노옴보다는 착하지를 먼저 가르치고

만화영화보단 신데렐라를 우선 읽어 줘야지
전자오락 대신 같이 공을 차 주어야지

유행가에 춤추기보단 동요에 손뼉 치는 애로 키워야지
잠들기 전 기도로 하나님의 목소릴 들려줘야지

이만큼 김칫국을 준비하고 있는데
정작 아들놈 장가갈 생각조차 않네

시와 마누라

나름 며칠을
생각하고 고치고
또 다듬었는데

순식간에 읽고는
이러쿵저러쿵
훈수를 둔다

하긴 뭐라 할 일이 아니지
마누라가 한나절 준비한 음식을
내가 한 젓가락 먹어 보고
이러쿵저러쿵
잔소리하는 것과 같은 것이야

아내

한때는
짓무를 정도로 붙어 있어도 좋았어

그런데 요즘은 떨어져 있어도
뽀송뽀송한 것이
그다지 나쁘지 않아

이제 서로의 길이 달라진다는 것을
조금씩 몸이 깨닫는가 보다
하긴 죽어서도 같이 할 수는 없을 테니까

외출

마누라는 일찍부터 화장대에 앉아 있었다
난 아까부터 넥타이에 양복까지 걸쳐 입고 서성거렸다

읽었던 신문을 다시 펴 든다
그래도 마누라는 화장대 앞에 앉아 있다

커피 한 잔을 타서 마셨다
여전히 마누라는 화장대 앞이다

아마 내가 나갔다 돌아와도
마누라는 화장대 앞일 것 같다

약 봉투

오래전 아버님 화장하고
유품을 정리하는데
주머니마다 주인 잃은 약 봉투들
꾸역꾸역 나와 한 보따리

그래, 나이 든다는 것은
먹어야 할 약이 점점 늘어나는 것이지

식후 30분을 지키기 위해
내키지 않는 밥술을 떠야 하는 것이고

어느덧 나도 성큼성큼 늙어가
아버님 나이로 향해 가는데

못 보던 약 봉투들이
하나둘 다가와 친구하자며
앞서 길을 나서네

아버지

어릴 적
업혔던 아버지 등은
그 옛날 초등학교 운동장만 했지
넓은 등에 귀를 기울이면
웅웅웅 북소리가 울려 나왔네

자전거에 치여 피 흘리던 날도
아버지 등에 업혀 병원을 찾았지
집으로 오는 길에 잠들어 축 늘어진 내 고추를
흐뭇한 웃음으로 바라보셨다 하시네

해질 무렵 산보 갔다 돌아오는 길
뒤서 걷던 아버지 숨곤 하셨지
당신을 못 찾아 절절매는 우리들을
몰래 숨어 보시면서 킥킥 웃음을 흘리셨다네

세상을 떠나신 그날도
영정 속 아버진 웃고 계셨지
사진 위로 내 눈물이 뚝뚝 떨어지는데
그래도 아버지는 웃고 계셨지
몰래 숨어 보시면서 웃으시던 그 웃음을

어느 날의 꿈

밤마다 내 영혼은 어딜 그리도 헤매는지
느닷없이 돌아가신 어머님을 뵙기도 하고

때론 끝없이 낭떠러지로 떨어져
소리 지르며 일어나 식은땀을 닦기도 하지

어느 밤은 처음 가보는 숲길에
길을 잃고 이리저리 헤매다가

다시 현실로 돌아오면
그 말할 수 없는 안도감으로
긴 숨을 내쉬지

새벽녘
누군가 나를 흔드는 이가 있어
눈을 떠 보면
흐느끼는 내가 나를 깨운 거였어

고단한 내 밤의 영혼은
오늘 밤도 쉬지 못하고
기억조차 할 수 없는
그 어느 곳을 또 헤매고 다니려나

어릴 적 소풍날

저만치 밭고랑 건너편
배낭 멘 아이들이 알록달록 줄지어 간다

맨 앞 단발머리 애는 영희고
뒤처진 녀석은 상구머리 철수다

내 손에 쥐어진 동전 세 닢
소풍을 못 보낸 어머니의 보상이다

동전이 땀에 젖도록 꼭 쥐고 있다가
한 닢은 달고나 녹여 먹고

또 한 닢은 설탕 뽑기 녹여 먹으니
이제 달랑 한 닢

애들 돌아오려면 아직 멀었는데
남은 한 닢으로 어찌 버티지?

어머님의 옛날 얘기

숫증素症이 나면 병아리만 쫓아도 낫는다고 하던데 정말이지 괴
기가 너무 먹고 싶어 견딜 수가 없었단다
네 아버지는 허구한 날 집에 누워서 잠이나 잤지 집안엔 단 땡전
한 푼이 없는 거야 먹고 죽으려 해도 없었어

어느 날 어렵사리 돼지 껍데기를 구해서
고추장 양념을 하고 석쇠 펼쳐 연탄불에 구웠지 냄새는 나고 속
에서 회가 동하는데 정말 미치겠더라
그런데 그만 다 익어 가는 껍데기를 땅에 폭삭 엎어 버려 먹을 수
가 없게 되었단다

무엇보다 다 익은 괴기가 너무 아깝고
또 그 잘난 돼지 껍데기조차 먹지 못하는 이년의 팔자를 탓하며
엎어진 돼지 껍데기 앞에 쪼그리고 앉아 얼마를 흐느꼈는지 모
른다
으응… 아주 오래전, 종암동 앞말 살 때니 한 사오십 년은 족히
된 얘기여 하지만 수백 번을 다시 태어나도 절대 잊을 수 없는…

옛날 종암동의 봄

책가방 메고 집으로 돌아가는 봄 길엔
동그랗게 핀 파꽃이 항상 나를 반겼지

꽃 위에 앉아 머리 박고 꿀을 빨던
그 수많던 벌들

앉을까 말까를 반복하며 꽃들을 애태우던
흰나비 호랑나비

봄이면 냉이와 씀바귀를 키워
누이를 부르던 밭두렁

해토머리엔 발을 푹푹 빠뜨려 검정 고무신을
빼앗아 간 미나리 깡

이 모든 것이 사라진 종암동의 봄이 오면
그래도 내 마음은 사푼사푼 나비 되어 날거나

때론 날갯짓 요란한 벌이 되어
그 옛날 봄날처럼 파꽃 위에 또다시 내려앉곤 하지

유모차 할머니

해 저무는 골목길에 등 굽은 할머니
낡은 유모차 밀고 간다
지팡이도 고맙지만 유모차만 할까

수백만 원짜리 유모차는 젊은 엄마가 밀고
싸구려 유모차는 등 굽은 할머니가 민다

빈 유모차 미는 노인은 그래도 낫다
저 할머니 유모차의 폐지는 키만큼 높다

애기 태운 젊은 엄마는 신호등을 기다리지만
폐지 실은 할머니는 신호등도 사치다
빨간 신호에도 비틀거리며 유모차를 밀고 간다

그나마 평일에는 폐지도 귀하단다
일요일, 저무는 해를 뒤로하고
꼬부랑 할매는 또 다른 골목을 뒤지러
칭얼거리는 폐지를 달래 가며 유모차 밀고 간다

이렇게 살아야 하는데

꿈 사랑 이상 이런 것은
연에 매달아 높이 띄우고

미움 욕심 자만 따윈
쇠스랑으로 긁어 깊이 파묻어야지

자세는 늘 낮추고
주변 살펴 좋은 벗 찾아 이웃하고

꽃을 보며
화무십일홍花無十日紅을 깨닫고

가끔은 머리 들어 하늘도 봐야겠다
하늘 무서운 줄도 알아야 하고
달도 차면 기운다는 것을 알아야 하니까

이별 연습

그날
강물은 가을처럼 흐르고
모래밭은 석양빛으로 곱게 물들었다

총 총 총
그 모래 위를 물새가 잰걸음으로 걸었다

엄지손가락만 했을까
코끝이 빨간 아기 곰 인형을 건네며
그녀가 이별을 고했다

차마 못다 한 이야기 가슴에 묻고
깊어 가는 가을 강을 말없이 바라보았다
강물이 내 침묵처럼 소리 없이 울었다

두 손 바지 주머니 찔러 넣고
왔던 길을 되 걷는데
손끝에 잡히는 아기 곰 인형

아기처럼 웃고 있었다
무심코 꺼내 보니
시계추처럼 흔들거리며

총 총 총
물새가 저만치 멀어져 갔다

잠 못 드는 밤

양 한 마리, 양 두 마리, 양 세 마리
네 마리, 다섯 마리…

미처 백 마리도 세질 못했는데
그새 다른 생각을 한다
그러다 양을 다 놓쳐 버렸다

창문 흔드는 바람 소리
화장실 물 내리는 소리
점점 더 또렷해지는 시계 초침 소리
이러다간 만리포 파도 소리마저 듣겠다

까짓것 하루 저녁 못 잔다고 뭔 큰일 있으랴
스스로 마음을 추슬러 보다가
하는 수 없어 수면제 한 알을 자리끼로 털어 넣고도
한참을 더 이리저리 몸을 굴린다

마침내
시골 같으면 첫닭 울음 무렵에야
겨우 잠이 들었나 싶었는데
무심한 자명종은 벌써 나를 흔든다

재수 좋은 날

주말 저녁 동네 마트
'금어기 풀리고 처음 출하된 꽃게를
선착순 30명에 한정 판매한다'는 안내 방송에 홀려
카트 팽개치고 몸 날려 줄부터 섰지

손가락을 물려 가면서 이놈들을
삶아 먹은 것까지는 좋았는데
그만 가시가 목에 걸려 버렸어

물을 벌컥벌컥 들이켜 보고
씹지 않는 맨밥도 꿀떡 삼켜 보다가
결국엔 못 견디고 이비인후과에서 가시를 뺐어

물을 많이 먹어선가 이번엔 설사가 시작됐어
의사가 탈수가 심하니 링거 한 방 맞으라 한다
금어기 지난 꽃게는 이렇게
나에게 고통을 주면서 순식간에 내 몸에서 빠져나간 거지

개수대에서 놈들을 씻기려는데
쌍 가위손을 쳐들면서 덤벼드는 거야
사실 그때부터 알아봤어야 하는 건데

하여간 난 그날 확실히 깨달았지
내 것이 되고 싶지 않은 것을 무리하게 취하는 것은 훗날 그만한
대가를 반드시 치르게 된다는 것을

죄인이지요

어머님을 어머님이라고
제대로 부를 자격도 없는 자식입니다

치매를 구실로
서둘러 노인 요양원에 내다 버렸습니다
그 옛날 고려장과 다름 아니었지요

한 달에 두어 번 찔끔찔끔 들려서는
만 원짜리 몇 장 집어 주고 돌아섰습니다

그나마도 나중엔 관리를 못 하신다는 이유로
그냥 나왔지요

사실 만큼 사셨다고 저런 삶이 무슨 의미가 있느냐고
고통 없이 어서 돌아가시는 편이 낫다고
내 귀에 대고 스스로 속삭였습니다

돌아가시자 두 번 생각할 것도 없이 화장을 해서는
인심이나 쓰듯이 외할아버지 근처에 묻고
탁탁 털고 하산했습니다

이것이 나를 위해서라면
목숨이라도 내놓을 수 있으셨던 어머님께
제가 했던 전부였습니다

전 그랬습니다
그것이 접니다

편백 숲을 거닐며

늘 푸르긴 해도
휘어지고 구부러졌다며
소나무를 조롱하고

지조 있게 뻗었다만
속이 비었다며
대나무를 비웃는다

편백 숲 아래선 참나무도
자칫 잡풀에 불과할 수 있다

하늘 찌를 듯 자라느라 흘린 땀인가
향기까지 뿜어대니
골바람 간들바람이
더위를 식혀 준 품삯으로 향기를 싣고 간다

편백나무 숲에선 옮기는 발길이 편하고
오가는 대화가 다정한 것은
향이 있기 때문이 아니라

우리가 못하는 것
바로 한 치도 틀림없이
하늘을 향해 곧게 높이 향하기 때문이다

포장마차 영화관

늦은 점심 국수 한 그릇 말고자 들어간 동서울 터미널 포장마차
아주머니가 다리를 저신다 관절염이냐 했더니 의족이란다
꽃다운 스무 세 살 나이 수원역에서 넘어져 기차 바퀴가 다리를
치고 지나갔는데 다리를 본 의사들은 그저 쯧쯧 혀만 찼다지
너무 아파 어떻게 좀 해달라고 했더니 바로 다리를 자르더란다
그래도 무릎 아래를 잘랐으니 괜찮다고 무릎 아래와 위는 하늘
과 땅 차이라고 애써 웃으신다
그 의족을 하고도 결혼하고 장사해서 남매를 키웠다네
40대엔 남편이 다른 여자가 생겨 이혼을 요구했다지 이혼서류에
도장을 찍어주는데 허허 웃음만 나왔단다 이후 후처에게 버림을
당한 남편은 10년을 혼자 살더니 마침내 치매에 걸렸단다 요양병
원에 보내 놓고 매달 요양비를 아주머니가 지불했는데 애정이 있
어서가 아니고 애들 아버지니까 그랬다네 얼마 전엔 남편이 침대
에서 떨어져 고관절이 부러져 수술을 했는데 자식들에게 손 벌
리기 싫어서 간병인 150은 현찰로 주고 수술비 400은 10개월 할
부 신용카드 긁었단다 그리고 오늘이 그 인간이 죽은 지 꼭 한
달이 된 날이란다

그날 포장마차에서 멜로 영화 한 편을 가슴으로 보고 나온 거다
국물은 뜨듯했는데 마음은 차고 시렸다
포장마차를 나서니 그새 눈발이 세차게 흩날렸다

이젠 나도

어릴 적엔 동네에 애들만 눈에 띄더니
학교엘 가니 주변에 학생들만 보였다
또 군에 들어가니 사방에 군인들만 있었고
총각 시절에 또래 처녀만 눈에 띄었다

요즘은 웬 노인네만 그리 눈에 띄는지
전철을 타도 병원엘 가도 시장엘 가도
심지어 유아원엘 가도 노인이 보인다
노인네가 많아져서인지
내가 늙어 가서인지 잘 모르겠다

할머니

나도 그 옛날
너만큼 예뻤고
너만큼 팽팽했고
너만큼 날씬했다

이년아
내 나이 돼 봐라
넌 이만큼 어림없다